OOMZICC
PUBLISHER

첫
사
랑

—

KB173605

브라네 모제티치 글

마야 카스텔리츠 그림

박지니 옮김

This book was published with the support of
Trubar Foundation at the Slovene Writers' Association, Ljubljana, Slovenia.

슬로베니아 작가협회의 트루바르 재단으로부터
소정의 출판 제작 기금을 받았습니다.

짝 PAR

여섯 살이 되던 해,
나는 할머니 댁에서 그만 살게 되었습니다.
엄마와 도시로 가게 되었거든요.

우울한 마음으로 나는 오랜 시간을 보낸 숲에게,
뒤뜰의 토끼와 닭들에게, 같이 놀았던 이웃집 아이들에게
안녕— 하고 작별 인사를 했습니다.

도시에서 엄마와 나는 조그만 아파트 단지에 살았습니다.
단지에는 아이들이 많았지만 그중에 내 친구는 없었어요.

그나마 좋았던 건
내 방이 생겼다는 것뿐이었지요.

엄마가 일하러 가면 혼자가 되었기 때문에
나는 유치원에 가야 했습니다.
유치원은 아주 가까워서,
싫어지면 집으로 도망칠 수 있었어요.

유치원에서는 많은 것을 했습니다.
가장 기억나는 것은
점심 먹고 나서 방 안에 간이침대를 펼쳐 놓고
한 시간씩 낮잠을 자야 했던 거예요.
억지로 잠을 청하는 게 나는 정말 힘들었습니다.

날씨가 좋으면 뒤뜰에 나가 놀았어요.
근사한 나무가 있었거든요.
겁 없는 아이들 몇몇은 나무를 타고 오르기도 했어요.

나는 용감하지 못했습니다. 뭔가 잘못된다 싶으면
곧바로 눈물이 터지곤 했지요.
그럴 때마다 얼마나 시골에 살던 때로 돌아가고 싶던지요.

나는 우리 아파트 옆 단지에 살던
안드레이체크와 자주 놀았습니다.
다들 그 애를 그냥 드레이크라고 불렀어요.

공원에 산책을 나갈 때면 우리는
늘 짝꿍이 되었지요. 그 애는 내 손을 잡고 걷다가
내가 뒤처지면 잡아끌어 줬어요.

드레이크는 나보다 머리 하나가 더 컸고
남자아이들과 치고받길 잘했습니다.
그 애는 대장 노릇을 좋아했어요.

드레이크가 다른 애들한테 무슨 말을
했는지 모르지만, 거친 남자아이들이
나만큼은 괴롭히지 않았습니다.

산레모 SAN REMO

도시로 이사 온 뒤 정말로 그리웠던 게
또 하나 있었어요. 바로 텔레비전이었지요.
할머니 댁에는 텔레비전이 있었지만
엄마와 살게 된 집에는 없었거든요.

우주인들이 로켓을 타고 날아가는 영화
보는 걸 내가 얼마나 좋아했게요.

하지만 로켓 영화보다 좋아했던 건 산레모 가요제*였어요.
텔레비전 앞에 앉아서 무대 위 가수들이
반짝이는 옷을 입고 빙그르르 돌거나 화려한 몸짓을 하며
무대를 꽉 채우는 걸 넋 놓고 바라봤지요.

* Festival della Canzone Italiana di Sanremo. 매년 초 이탈리아 산레모에서 열리는 가요제.

나는 이탈리아어를 할 줄 몰랐지만
계속 듣다 보면 대충은 이해할 수 있었습니다.
라디오에서 흘러나오는 노래를 자꾸 들으니
나중에는 따라 부를 정도가 되었지요.

도시로 이사 온 뒤로는 집에 혼자 있는 시간이 많았어요.
엄마는 아파트 단지 앞에 나가 놀라고
다그치시기도 했지만 난 그러고 싶지 않았어요.
그냥 방에 있는 게 더 좋았습니다.

우리 아파트 아이들은 다른 곳에 사는 아이들이
단지 안에 들어오지 못하게 했거든요.
드레이크 역시 우리 단지엔 놀러 올 수 없었습니다.

심심하지는 않았어요.
내가 가장 좋아했던 것은 '산레모 놀이'였습니다.
텔레비전에 내가 나온다고 상상하면서
거울 앞에서 그럴싸한 자세를 잡아 보곤 했어요.

열 개 나라에서 텔레비전을 보고 있을 사람들을 떠올리며
투명 마이크에 대고 인사말을 건넸습니다.
—이 과정은 아주 중요했어요.
그러고 나서 첫 무대를 소개했지요.

집에 나 혼자 있을 때면 목청껏 노래를 부를 수도,
엄마 옷장에서 꺼낸 옷가지로 한껏 꾸밀 수도 있었지요.
손수건, 목도리, 혹은 뜨개옷 들로요.

첫 무대가 끝나고 옷을 갈아입을 시간은 없었어요.
나는 그대로 또 사회자 흉내를 내고
곧바로 다음 무대에 오를 가수를 연기했습니다.
산레모 놀이를 내가 얼마나 많이 했는지 몰라요.
그렇게 짜릿한 놀이는 처음이었어요.

비 LA PIOGGIA

한번은 드레이크한테 산레모 놀이 얘기를 들려줬습니다.
그 애는 아주 궁금해하며 내가 공연하는 걸 꼭 보고 싶댔어요.
하지만 드레이크는 우리 단지에 들어올 수 없을 테니,
집에 초대할 수도 없었지요.

대신에 유치원 쉬는 시간을 틈타 드레이크에게
노래를 불러 주기로 약속했어요. 우리는 뒤뜰의 우거진
수풀 속에서 이따금 숨바꼭질을 했거든요. 숲에 아무도
없을 때 우리 둘만을 위한 공연을 하기로 한 거예요.

노래하는 모습을 다른 아이들한테 들키면
웃음거리가 될까봐 겁이 났습니다. 그래서 맨 처음
공연할 때는 노래 한 곡을 끝까지 다 부르지도 못했고요,
모기 소리만큼 아주 작게 불렀어요.

다행히 다음 공연 때는 뒤뜰 저쪽 끝에 누가 왔는지
아이들이 우르르 몰려갔어요.
나는 재빨리 유치원 사물함으로 달려가
모자와 스카프, 목도리 들을 챙겨 돌아왔어요.

나는 드레이크를 위해 진짜 무대를 펼쳤습니다.
수풀 한가운데에 서서 나는 노래했어요.
드레이크는 눈을 동그랗게 뜨고 나를 바라봤습니다.

그 애만큼 눈이 파랗고 예쁜 아이는 없었어요.
드레이크는 내 노래가 끝날 때마다 손바닥이 닳도록
크게 손뼉을 쳤어요. 세상에 우리 둘만 있는 것 같았지요.
선생님이 우릴 찾는 소리를 듣지 못할 정도로요.

나는 어떤 여자아이의 빨간 스카프를 몸에 두르고,
뾰족구두를 신은 것처럼 발끝으로 서서 엉덩이를 살짝살짝
흔들며 높은 목소리로 '라 피오지아*'를 불렀습니다.

* La Pioggia. 이탈리아의 인기 가수 질리올라 칭케티(Gigliola Cinquetti)가 1969년 산레모
가요제에서 프랑스 가수 프랑스 갈(France Gall)과 함께 부른 노래. 이탈리아어로 '비'라는 뜻.

그때였어요. 통카 선생님이 굳은 얼굴로
덤불 속에서 나타났지요.
나는 노래 부르던 것을 뚝 멈췄어요.

"뭘 하고 있는 거니?"

"아무 것도요. 그냥 놀고 있었는데요?"

드레이크가 어리둥절한 표정으로 대답했어요.

나는 뭔가가 잘못됐다는 걸 알 수 있었습니다.

아주 많이 잘못됐다는 것을요.

"전부 다 원래 있던 자리에 돌려 놔!
이런 놀이는 절대 다시 하지 말거라."
선생님은 나를 보면서 말했어요.
잘못을 저지른 사람은 나였던 걸까요.

그날부터 유치원 선생님들은 우리를 지켜보기 시작했습니다.
풀숲에 둘이 숨을 수도 없게 됐지요. 오직 공연에 대해
소곤대는 것밖엔 할 수 없었어요. 난 드레이크에게
커서 가수가 되겠다고 말했어요. 공연을 할 때마다
초대하겠다고요. 드레이크는 신나 했어요.

전과 다름없이 우리는
낮잠 시간에 간이침대를 나란히 놓고 잤고,
산책을 할 땐 손을 꼭 잡고 걸었습니다.

겨울이 되어 나는 감기에 걸렸어요.
일주일이나 유치원에 갈 수 없었지요.

한 주 뒤 놀이방에 다시 들어섰을 때,
반가움에 들뜬 드레이크는 달려와서
나를 꼭 안아 주며 뺨에 뽀뽀했어요.

"뭐 하는 짓이니? 그 애는 여자애가 아니야!"
선생님은 나무라듯 소리치면서
드레이크와 나를 떼어 놓았습니다.

드레이크도 나도 우리가 벌을 받으리라는 걸 알 수 있었어요.
무슨 잘못 때문에 벌을 받는지는 몰랐지만요.
어쨌든 뭔가 잘못을 저지른 것이 분명했습니다.

그 뒤로 우리는 둘이 같이 있을 수 없게 됐어요.
유치원에서는 이런저런 이유를 대며
우리 침대를 멀리 떨어뜨려 놓았지요.
짝꿍이 될 수도 없었고 둘이서만 속닥일 수도 없었어요.

우리는 멀찍이서 서로를 바라보기만 했습니다.
슬픈 눈으로요.
드레이크는 치고받는 일이 전보다 더 많아졌어요.

그러던 어느 날 드레이크네 가족이 이사를 떠났어요.
드레이크는 다른 유치원에 다니게 됐지요.
더 이상 우린 서로를 만날 수 없었습니다.

나는 그 애를 사랑했어요.
그 애도 아마 그랬을 거예요.

첫사랑

Prva Ljubezen

ⓒ Brane Mozetič, Maja Kastelic 2018

2018년 6월 15일 초판 1쇄 발행
2019년 1월 17일 초판 2쇄 발행

글쓴이 브라네 모제티치
그린이 마야 카스텔리츠
옮긴이 박지니
꾸민이 이기준
펴낸이 나낮잠 노유다

펴낸 곳 도서출판 움직씨
등록번호 제2016-000062호(2015년 1월 9일)
주소 경기도 고양시 덕양구 세술로 149, 1608-302 (우편번호 10557)
전화 031-963-2238 팩스 0504-382-3775

스토어팜 oomzicc.com
홈페이지 queerbook.co.kr
전자우편 oomzicc@queerbook.co.kr

트위터 twitter.com/oomzicc
페이스북 www.facebook.com/oomzicc
인스타그램 www.instagram.com/oomzicc
제작 북토리 | 인쇄 한국학술정보(주)

ISBN 979-11-957624-4-6 (03890)

이 도서의 국립중앙도서관 출판예정도서목록(CIP)은
서지정보유통지원시스템 홈페이지(seoji.nl.go.kr)와
국가자료공동목록시스템(www.nl.go.kr/kolisnet)에서 이용하실 수 있습니다.
(CIP제어번호 : CIP2018017366)

글쓴이 **브라네 모제티치**(Brane Mozetič)

슬로베니아에서 태어나 류블랴나 대학에서 비교문학과 이론을
공부했습니다. 시인이자 작가, 번역가로 활동하고 있으며
출판편집자이기도 합니다. 여러 언어로 번역 출간된 대표 시집
『시시한 말(Banalije)』은 성 정체성에 대한 작품으로 알려져
있습니다. 출판사에서 LGBT 문학 선집을 펴내거나 류블랴냐
LGBT 필름 페스티벌을 이끄는 등 다양한 문화 활동을 합니다.
쓴 책 중에『무기의 땅 아이들』이 한국어로 출간되었습니다.
www.branemozetic.com

그린이 **마야 카스텔리츠**(Maja Kastelic)

슬로베니아에서 태어나 류블랴나 대학에서 그림을
전공했습니다. 작가이자 일러스트레이터이며 아이의
엄마이기도 합니다.『소년과 집(Deček in Hiša)』으로 여러 상을
받았습니다. 그린 책 중에『무기의 땅 아이들』이 있습니다.
majakastelic.blogspot.kr

옮긴이 **박지니**(Park Jeannie)

생업에 종사하며 간간이 글을 쓰고 옮깁니다.
『데이비드 보위(BOWIE)』등 여러 책을 편집했고
번역 에이전시에서 전문 번역가로 활동한 바 있습니다.
멀지 않은 때에 이야기를 펴내는 것이
삶의 수렴점이기를 바랍니다.